Love is ...

365 Calendar

KB069735

퍼엉

누구에게나 공감을 이끌어낼 수 있는 소재는 '사랑'입니다.
그리고 그 '사랑'은 소소한 일상 속에서 스치듯 빛을 발한다고 생각해요..
저는 이런 일상 속에 숨어 있는 의미들을 찾아, 옮겨 그리는 작업을 하고 있습니다.

grafolio.com/puuung1
facebook.com/puuung1
instagram.com/puuung1
twitter.com/puuung1
weibo.com/puuung1
youtube.com/puuung1

Love is ...
365 Calendar

초판 1쇄 인쇄 2018년 12월 7일
초판 1쇄 발행 2018년 12월 21일

지은이 퍼엉
펴낸이 연준혁

출판1본부 이사 김은주
출판1분사 분사장 한수미
디자인 형태와내용사이

펴낸곳 ㈜위즈덤하우스 미디어그룹 출판등록 2000년 5월 23일 제13-1071호
주소 경기도 고양시 일산동구 정발산로 43-20 센트럴프라자 6층
전화 031)936-4000 팩스 031)903-3893
홈페이지 www.wisdomhouse.co.kr

값 17,000원 ⓒ퍼엉, 2018
ISBN 979-11-89709-08-2 03810

December

31

밤공기는 차고
네 품은 따뜻해요.

January

2

함께
눈사람을 만들어요.

December

30

"눈이 참 예쁘게 내리죠?"

PUUUNG(^^)

호~ 불어서
하트 뿅!

YES!

January

3

grafolio.com /puuung1

깨어 있는 동안 우리는 꿈속을 걸어요

_주홍글씨, 나다니엘 호손

grafolio.com/puuung1

HAPPY NEW
YEAR

"올 한 해도 너무 기대돼요."
"나도요. 새해에도 건강해요."

December

28

"눈이 많이 쌓였으면 좋겠다.
그럼 또 눈싸움 하는 거야!"

PUUUNG

grafolio.com
/puuung

"이 게임 왜 이렇게 잘하는 거예요?
나 몰래 연습했어요?"

"눈길 조심하고 잘 다녀와요!"

December

27

January

6

별이 빛나는 밤
커피를 마시며
이야기를 나눠요.

눈 오는 날엔 따끈한 붕어빵이 최고예요.

7

이토록 다정하게 사랑한 적이 있나요?

_다정한 입맞춤, 로버트 번스

December

25

눈밭에 누웠어요.
함께 있으니 하나도 안 추워요.

January

8

"신발 끈이 풀렸어요."
"내가 묶어줄게요!"

크리스마스이브
집에서 둘만의 시간을 즐겨요.

네가 가까이 오면
히죽히죽 웃음이 나요.
마냥 좋아요.

January

9

grafolio.com / puuung1

December

23

창밖 풍경을 봐요.
하늘이 참 예쁘네요.

10

함께 누워서 온종일 만화책을 봐요.

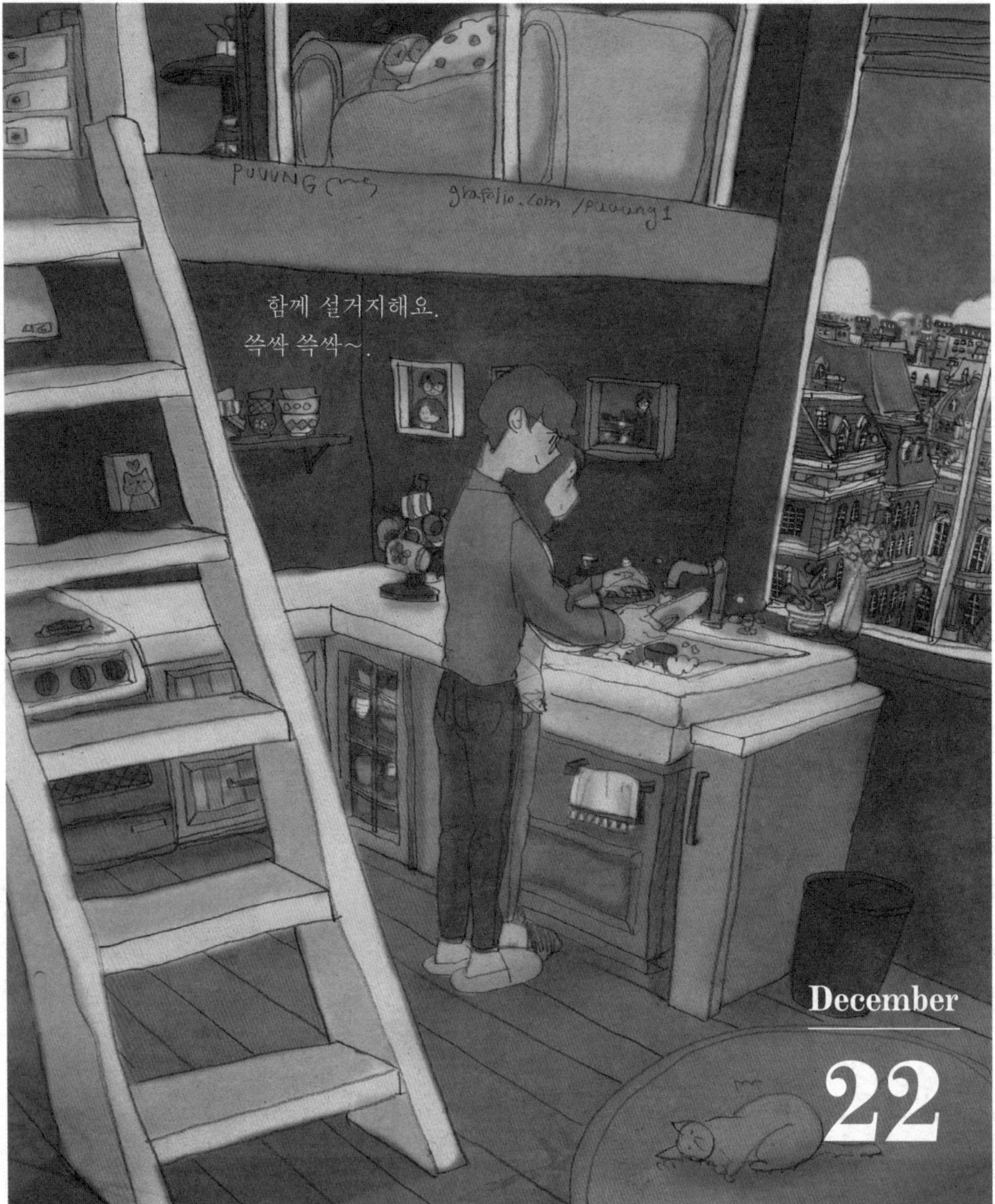
함께 설거지해요.
쓱싹 쓱싹~.
December
22

January

11

"오늘 엄청 춥대요.
따뜻하게 입고 나가요."

연말이라 할 일이 많아요. 많이 힘들어요.
하지만 네가 옆에 있으면 괜찮아요.

테라스에 나와서 노을빛 보며
커피도 마시고 뽀뽀도 하고 그래요.

"오늘 메뉴는 훈제오리.
　　거실에서 TV 보면서 먹어요~."

13

"사랑해요."
"저도요."

선물
"고마워요. 정말 멋져요."

December

19

PUUUNG

우린 모두 사랑에 빠진 바보들이에요.

_오만과 편견, 제인 오스틴

December

18

창가에 앉아서
느긋하게 커피 한잔.

키득키득
잠든 사이에 얼굴에 낙서.

"오늘 저녁 뭐예요?"

December

16

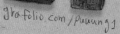

January

15

PUUUNG

grafolio.com/puuung1

"와, 이것 좀 봐요.
노른자가 두 개예요!"

December

17

모두가 잠든 깊은 밤
공포 영화를 봐요.

January

17

PUUUNG

카드게임을 해요.
벌칙은 저녁 설거지!

December

15

함께 이불을 덮고
창밖으로 내리는 눈을 봐요.

January

18

서로를 바라봐요. 그냥.
조용히 한참을 바라봐요.

눈싸움

"나 진짜 화났어. 거기 가만히 있어!"

December

14

조물조물 클레이 놀이에
푹 빠졌어요.

모닥불 앞에서 마시멜로를 구워요.
따뜻해요.

깜짝 놀라겠지!
두근두근.

January

20

"미안해, 울지 말아요.
   얼굴 들어봐, 예쁜 얼굴 좀 보여줘요."

December

12

조심조심!
　내 손 꼭 잡아요.
　놓지 말아요.

Fever!

December

11

포코-팡
"내가 이기면
소원 두 개 들어주는 거야!"

January

22

사랑은 자유로운 영혼 같은 것.

_캔터베리 이야기, 제프리 초서

PUUUNG

GAFIELD

LOVE

LOVE

December

10

옛날 일기장을 봐요.
"맞아, 나 이때 엄청 놀랐었어!"

온천에 왔어요.
　따끈따끈 기분 좋아요.

December

9

"빨리 크리스마스가
왔으면 좋겠다!"

24

달걀이 삶아지길 기다리며 이야기해요.
"어~엄청 커다란 벌레였다니까! 진짜 무서웠어!"

December

8

grafolio.com / puuung1

puuung (ᴗ)

"가필드 그것만은 안 돼!
깜짝 선물이란 말이야!"

December

7

캐럴을 들으며 커피를 마셔요.

January

26

과일가게에 잠깐 들렀어요.
오랜만에 사과나 먹어볼까요?

December

6

평온한 오후
서로를 바라보며 시간을 보냅니다.

January

27

내가 제일 좋아하는 파스타예요.
너무 행복해요!

"이거 이렇게 감는 거 맞아?"
"응~! 내가 금방 내려갈게!"

December

5

January

28

로딩이 끝날 때까지
옆에 앉아
이야기해줘요.

December

4

한밤에 치킨
"우리 뱃살 엄청 나오겠다!"

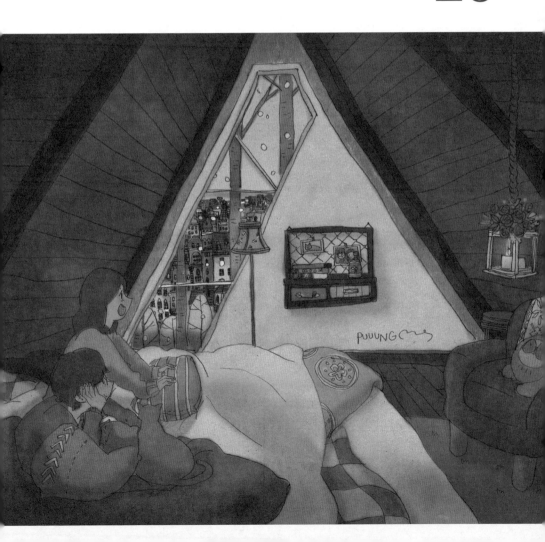

일어나보니 눈이 내리고 있네요.

침대 위에서 영화를 봐요.
"잠깐만요, 이제 끌게요!"

January

30

잠버릇.
이불은 내가 다 가져가버려요.

PUUUNG

December

2

감기에 걸렸어요.
사실 별로 안 아팠지만 아픈 척했어요.

January
31

늦은 밤 다락방.
과자도 먹고 별도 보며 놀아요.

December

1

"이대로 밤새 누워있으면
눈사람이 되겠지?"

PUUUNG grafolio.com/puuung1

February

1

손잡고 대나무 숲을 걸어요.

grafolio.com/puuung1

November

30

LOVE U

PUUUNG

잘 다녀와요,
쪽!

어쩌면 인생은 생각보다
더 쉬운지도 몰라요.
단지 용기가 필요할 뿐이죠.
— 우체국 소녀, 슈테판 츠바이크

PUUNG ⓒ

November

29

"가지마요."
"금방 올게요. 사랑해요."

February

3

PUUUNG

마음이 먹먹해요.
눈물로 젖은 목소리가
팔 안에서 울려요.

함께 소파에 누웠어요.
  아무 생각 없이 멍하니 TV를 봐요.

4

비가 오네요.
우산은 챙겨 갔나요? 걱정돼요.

밖은 많이 추워요.
따뜻하게 입고 나가요.

"재미있는 거 보여줄게."
"푸핫, 이게 저번에 말했던 그거구나!
완전 짱인데!"

쌀쌀한 날에는
뜨끈한 전골을 먹어요.

November

26

February

6

내가 할 수 있는 만큼
당신을 사랑해요.

November

25

소소한 행복
함께 휴대폰 게임을 해요.

꼭 껴안고 자요.
이보다 더 포근한 꿈나라 여행은
없을 거예요!

February

7

24

알고 있는 이야기도
네가 말해주면 정말 재미있어요.

"열이 나요."
"금방 내려갈 거예요. 네가 옆에 있어 주기만 하면 돼요."

"미안해요! 수건 좀 줄래요?"
"하아아암. 잠깐만요~."

November
23

POWNG

"배달 왔어요~."
"어서 와요! 무슨 맛으로 사 왔어?"
"당연히 네가 좋아하는 초코맛이지."

November

22

추운 날
같이 집에만 있었어요.

February

10

PUUUNG (cg)

좀 있다 봐요.
쪽!

"첫눈 오는 날에 뭐 하고 싶어요?"
"그냥 같이 이불 속에 누워서 푹 자고 싶어요."

음정도 박자도 엉터리지만
그마저도 사랑스러워요.

"네가 지루하다고요?
전혀! 너랑 같이 있는 시간은 늘 즐거운걸요!"

PUUUNG

November

20

February

12

PUUNG

"고생 많았어요.
정말 축하해요."

"피자 라지 두 판 부탁드려요."
느긋하게 시간 보내다가 늦은 점심.

February

13

거리에서 한입만.

Rainy Day

"이겼다!"
"그냥 식기세척기 하나 사면 안 돼?"

"내가 만든 초콜릿이에요."

가필드 목욕시키기
"괜찮아 무서운 거 아냐! 이제 다 끝났어!"

손잡고 거리를 걸어요.

February

15

November

16

그동안 찍었던 사진들로
둘만의 전시회를 열었어요.

나갈 준비를 해요.
"신난다!"

February

17

따뜻한 오후
함께 차를 마셔요.

"자, 여기 봐요!"

November

14

February

18

작은 작업실 안
따로 또 같이 각자의 시간을 즐겨요.

"많이 피곤했나 봐요.
코 골면서 아주 잘 자네~."

해 질 녘, 테라스
즐겁게 대화를 나눠요.

너의 안경
"어지러워요. 눈을 못 뜨겠어!"

"택배 왔어요~. 그저께 주문한 건가 봐요."
"정말? 같이 뜯어봐요!"

당신을 얼마나 열렬히 사랑하는지 말해야겠어요.

_오만과 편견, 제인 오스틴

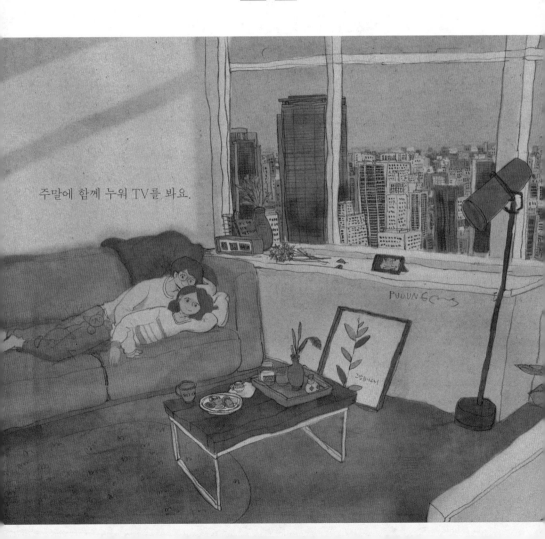

주말에 함께 누워 TV를 봐요.

"나 기분 다운됐어요."
"맛있는 거 먹으면 좋아질 거예요."

November

10

February

22

잘 자요.
우리 꿈에서 만나요.

November

9

자, 일어나봐요~.

grafolio.com /puuung1.

PUUUNG

앞머리쯤이야.
걱정하지 말아요!
내가 멋지게 잘라줄게!

November

8

"어떤 책이에요?"
"같이 볼래요? 읽어줄까요?"

February

24

화창하고 아름다운 날
이렇게 예쁜 날 네가 옆에 있는 게 그냥 좋아!

November

7

홈파티
오늘은 친구들도 함께해요. :)

February

25

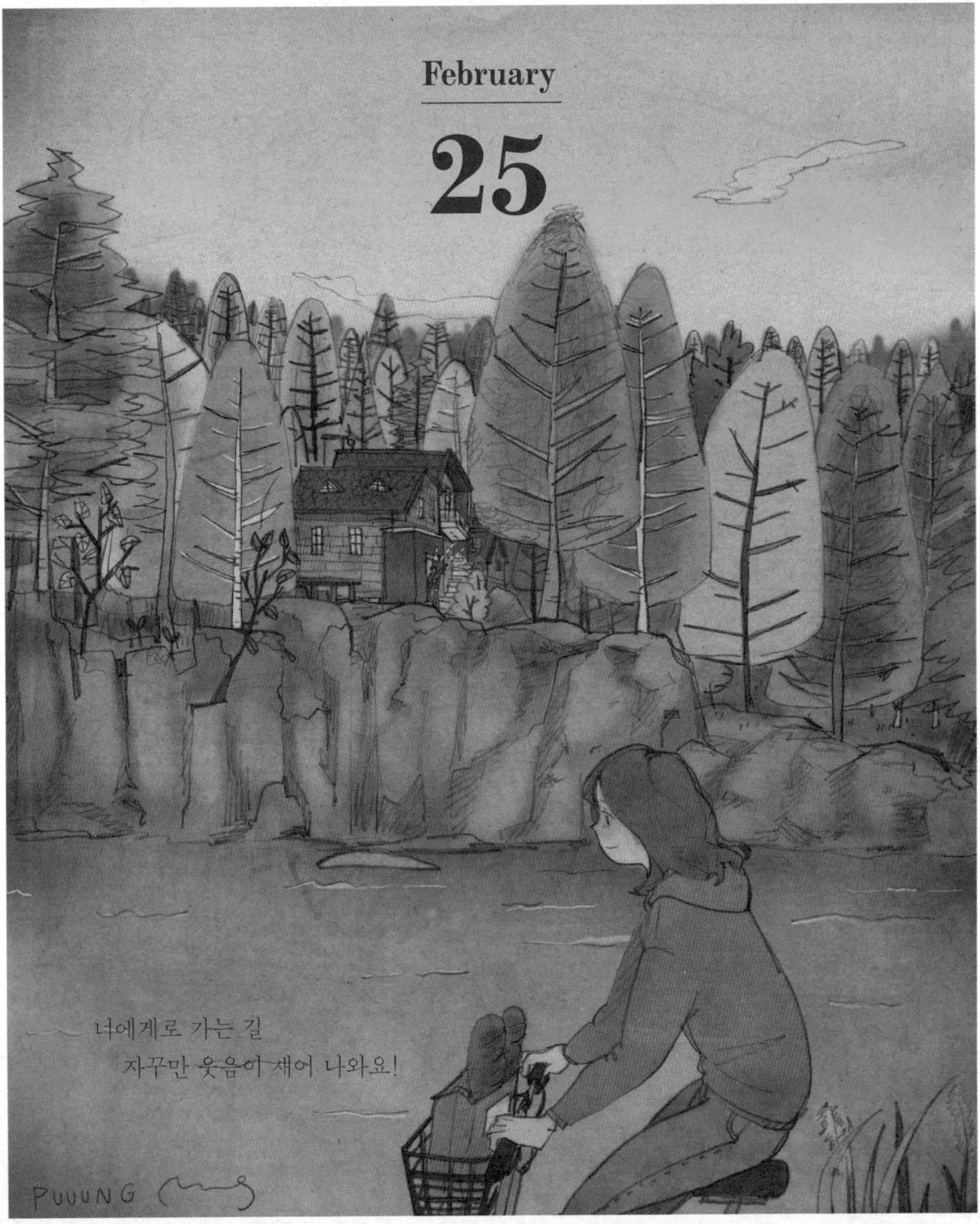

12:30

POUONG

GAFIELD

LOVE♥

내가 당신을 사랑한다는 걸 결코 의심하지 마세요.
_햄릿, 윌리엄 셰익스피어

February

26

저녁이 오기 전
"난 이 시간이 좋아요."
"나도 그래요."

네가 좋아하는 가을
우리 이렇게 자주 놀러 나와요.

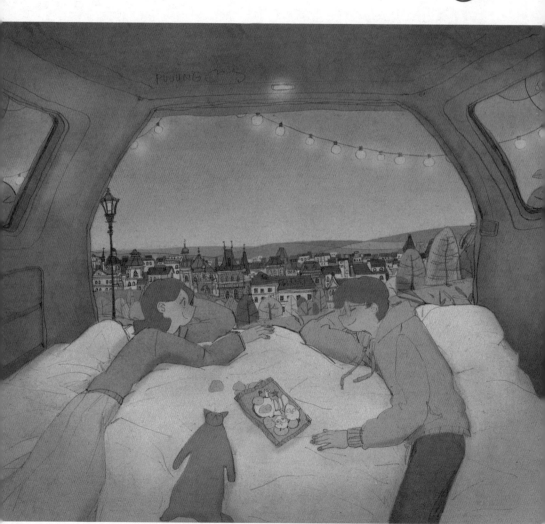

February

27

November

4

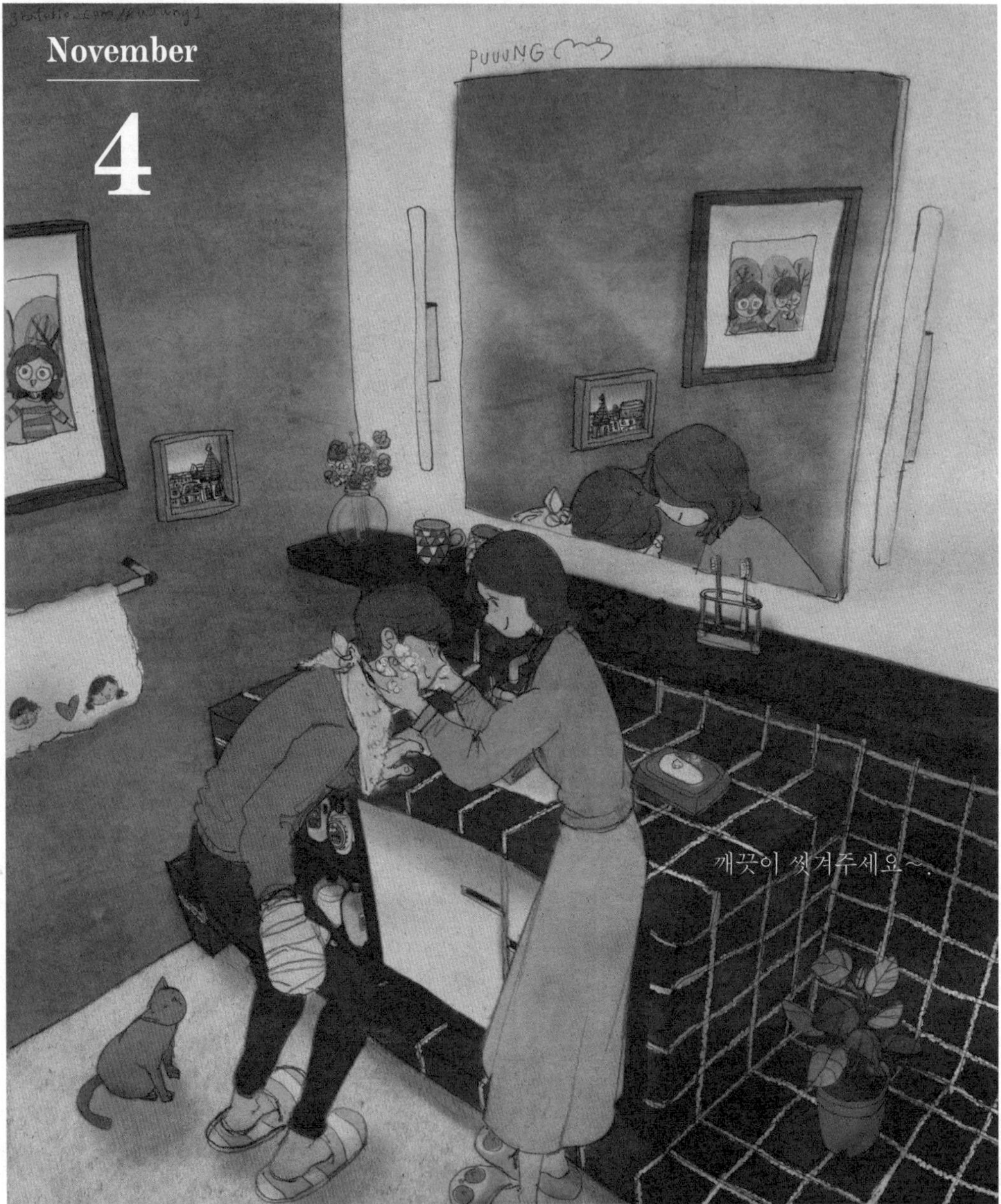

깨끗이 씻겨주세요~.

February

28

이 별들을 보니 문득
모든 걱정과 존재의 무게가 작아 보여요.

_타임머신, H. G. 웰스

어떤 옷을 입을까요?

영화를 봐요.
"팝콘이랑 음료수 가져왔어!"

February

29

November

2

예쁘다.
정말 예쁘다!

매 순간 당신은 나에게
새로 일어나는 일입니다.

_순수의 시대, 이디스 워튼

PUUUNG♡

November

1

"귀 차가운 것 좀 봐, 많이 추웠죠?"

March

2

꽃다발
선물이에요.

어디 있어요?

음식이 시커멓게
타버렸어요.
마음도 시커멓게
타들어 가네요.

세상에는 말로 이루어지지 않은 언어가 있어.
그리고 세상의 모든 것이 그것을 이해할 수 있지.
_소공녀, 프랜시스 호지슨 버넷

October

30

당신을 사랑하고 또 사랑해요.
내가 너무 많이 표현해도 겁내지 말아요.
_남과 북, 엘리자베스 게스켈

October

29

"완성되면 정말 예쁠 것 같아!"
"맨날 이 목도리만 하고 다닐 거야."

당신의 눈을 바라본 날
나는 태양에 무관심해졌어요.
_콘스탄틴 소프트는

앨범 정리
우리의 추억들이
이렇게나 많이 쌓였어요!

이렇게 자면 감기 걸려요.

"자꾸 뱃살이 불어나는 것 같아요."
"같이 운동해요!"

March

7

grafolio.com / puuung1

PUUUNG

네가 오지 않는 저녁
무슨 일이죠…?

아무것도 아닌 날
작은 케이크에 초를 꽂고
낭만적인 분위기를 만들어 봤어요.

October

25

작은 책방에 왔어요.

장바구니를 쏟았어요.
"괜찮아요? 내가 도와줄게요."

집에 돌아오니 모두 낮잠을 자고 있네요!
자는 모습이 귀여워서 몰래, 찰칵!

grafolio.com / puuung1

PUUUNG

"자장가 불러줄까요?"
"뭐 내가 아기인 줄 알아요?
··· 불러주세요."

"뭐해요?"
"구경해도 돼요?"

October
23

"배고프다. 음식이 나오면 5분 만에 비워버릴 거예요."
배는 고프지만, 그래도 즐거워요.

동심으로 돌아가 종이접기를 했어요.

October

22

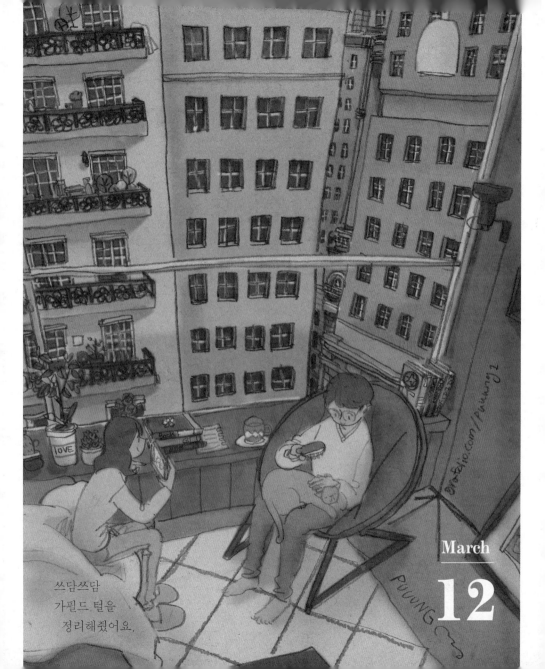

쓰담쓰담
가필드 털을
정리해줬어요.

March

12

October

21

PUUUNG

grafol.com/puuung1

"우리 놀러 가요.
뒤에 탈 수 있겠어요?"

말랑말랑한 볼을
꾹 눌러요.
좋아요. 좋네요!

말없이 보고만 있어도 좋아요.

달콤해요.
"사탕 고마워요!"

October

19

"뿅! 우리 아이스크림 먹으러 갈까요?"
"좋아요!"

March

15

PUUUNGing

grafolio.com/puuung1

"나른한 아침이에요."
"커피 따라줄게요.
    이거 마시고 잠 깨요."

18

밖에서 함께 블루마블을 했어요.

오늘 아침은 커피와 도넛으로 당 충전!

산책을 하다가 갑자기
공주님이 된 기분이에요!

October

17

피크닉 준비
"자, 잘 봐. 뒤집는다!"

October
16

비가 와요.
불규칙한 빗소리와 너의 심장 소리가 들려요.

March

18

아침부터 음식을 준비했어요.
좋아할 모습을 상상하니
자꾸만 웃음이 나요.

October
15

우리는 잠들 때까지 이야기해요.
그냥 이런저런 이야기들을.

세상에서 당신만큼 사랑하는 건 없어요. 이상한가요?

_헛소동, 윌리엄 셰익스피어

따뜻한 불 가에 앉아
마시멜로랑 소시지를 구워줘요.

March

20

책상 앞에서
사소한 이야기들을 나눠요.

October

13

"오늘 하루도 수고했어요."

March

21

함께 책을 읽어요.
그새 장난을 걸어봐요.

October

12

족욕을 하며 아이스크림을 먹어요.

March
22

"나 화났다고! 마지막 쿠키를 먹어버리다니."
"화내는 모습도 이렇게 예쁠까!
이리 와요. 안아줄게."

자꾸만 안고 싶은 걸 어떡해요.

October

11

사랑 안에서 하나는 둘이고, 둘은 하나지요.

_크리스티나 로제티

아이스크림은
따뜻한 방에서 이불 덮고 먹는 게 최고예요!

잠든 너의 모습을
빤히 바라봐요.

"아… 아이… 아이… 캔트… 마이 잉글리시….
으악, 영어 공부는 정말 어려워요!"

어떤 책도 당신의 얼굴보다 좋을 순 없죠.

_허클베리핀의 모험, 마크 트웨인

October

8

세상 그 무엇보다 당신을 사랑해요!
영화 〈레베카〉

가는 길 멈춰 서서 쭉!
　이대로 놔주고 싶지 않아요.

"하루 만에 이 어려운 걸
다 맞출 수 있다고요?
대단해요!"

October

7

March

27

그의 눈은 저녁 내내 내게
사랑을 만들어줬어요.
_영화〈춘희〉

노을빛에 물든 책장을 넘겨요.

PUOUNG

LOVE
IS...

grafolio.com/puuung

October

6

March

28

PUUUNG

ra folio.com / puuung1

엎드려서 책을 읽어요.
"배고프다. 점심은 뭐 먹을까?"

October

5

꿈꾸는 시간
낮잠을 잤어요.

푹신한 이불 위에서
과자를 먹으며 수다를 떨어요.

오늘은 천천히
이야기하면서 아침을 차려요.

October

4

March

30

grafolio.com/puuung1

뽀뽀해주세요.

"오늘은 많이 피곤했어요."
"아 정말요?"

October

3

"자, 여기 보세요!"
"아, 찍지 마요. 부끄러워…"

PUUUNG

grafolia.com /panung2

어디론가 가는 길.
그냥 잠깐 멈춰 섰어요.
우리는 어린이이처럼 한참을 뛰어놀아요.

April

1

카페 데이트
사람들이 많아요.
그래도 행복해요.

October

1

오늘 밤은 조금 특별해요.
밖에서 불꽃 축제를 하거든요!

살금살금
보고 싶어 했던 영화표와
장미꽃을 숨기고 다가가요.

둘밖에 없는 조용한 카페에서
사소한 이야기를 늘어놨어요.

3

"일어나요, 자 안아줘!"

"언제 도착해요?
진짜 맛있는 거 만들고 있으니까 빨리 와요!"

April

4

"너무너무 보고 싶어요."
"맛있는 거 사 갈게요. 조금만 기다려요!"

"어서 와요! 보고 싶었어요!
금방 내려갈게요!"
    "뛰지 말아요. 넘어지겠다!"

September

28

현실에서 얻을 수 없는 건
상상에서 빌리겠어요.

_셜리, 샬롯 브론테

September

27

별이 빛나는 밤

April

6

왜 그를 사랑했냐고 묻는다면,
그는 그였고 나는 나였기 때문이라고
말할 수밖에요.
_미셸 드 몽테뉴

우르릉 쾅쾅!
천둥 번개가 요란해요.

April

7

행복을 얻는 유일한 길은,
사랑에 빠지고 서로에게 구속되는 거예요.

_영화 〈티파니에서 아침을〉

네가 조용히 안아줬어요.
어떻게 해야 할지 몰라
그대로 굳어버렸어요.

grafolio.com/puuung1

PUUUNG

September

25

8

네가 타주는 커피가
제일 맛있어.

September

24

어떤 식당에서 간단한 야식을 먹었어요.
너의 이야기에 푹 빠져들었어요.

흐리고 비가 와도
짠~.

April

10

테이블에 낙서하는
레스토랑이에요.
최고의 외식이에요!

grafolio.com/puuung1

"다녀왔습니다~."
"어서 와요! 보고 싶었어요. 오늘은 어땠어요?"

April

11

날씨가 참 좋아서
벚나무 밑에 돗자리를 깔고 누웠어요.

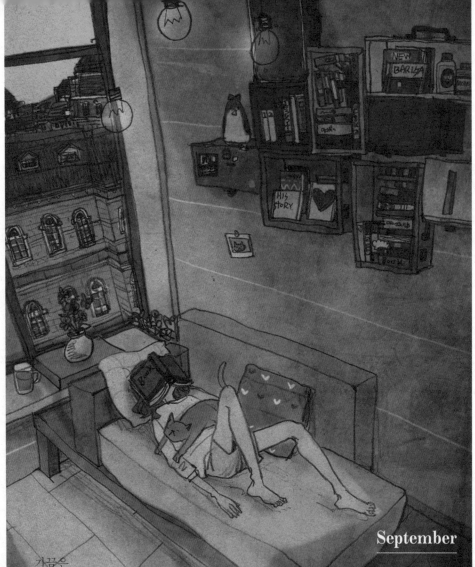

가끔은
아무것도 안 하고
　혼자 누워있고 싶을 때가 있어요.

September

21

April

12

세상은 꽃잎으로 물들고…
그리고 눈앞에 당신!
가슴이 울렁거려요.

grafolio.com / puuung1

말없이 흐르는 물을 바라봐요.
"내년 가을에도 여기 와요."

September

20

하트 모양을 만들고
빙글빙글 춤을 춰요!

제대로 보면 온 세상이 하나의 정원이에요.

_비밀의 정원, 프랜시스 호지슨 버넷

깜짝 이벤트!
"요리 나왔습니다. 맛있게 드세요~"

April

14

September

18

"무서운 꿈을 꿨어."
"괜찮아. 내가 옆에 있잖아."

April

15

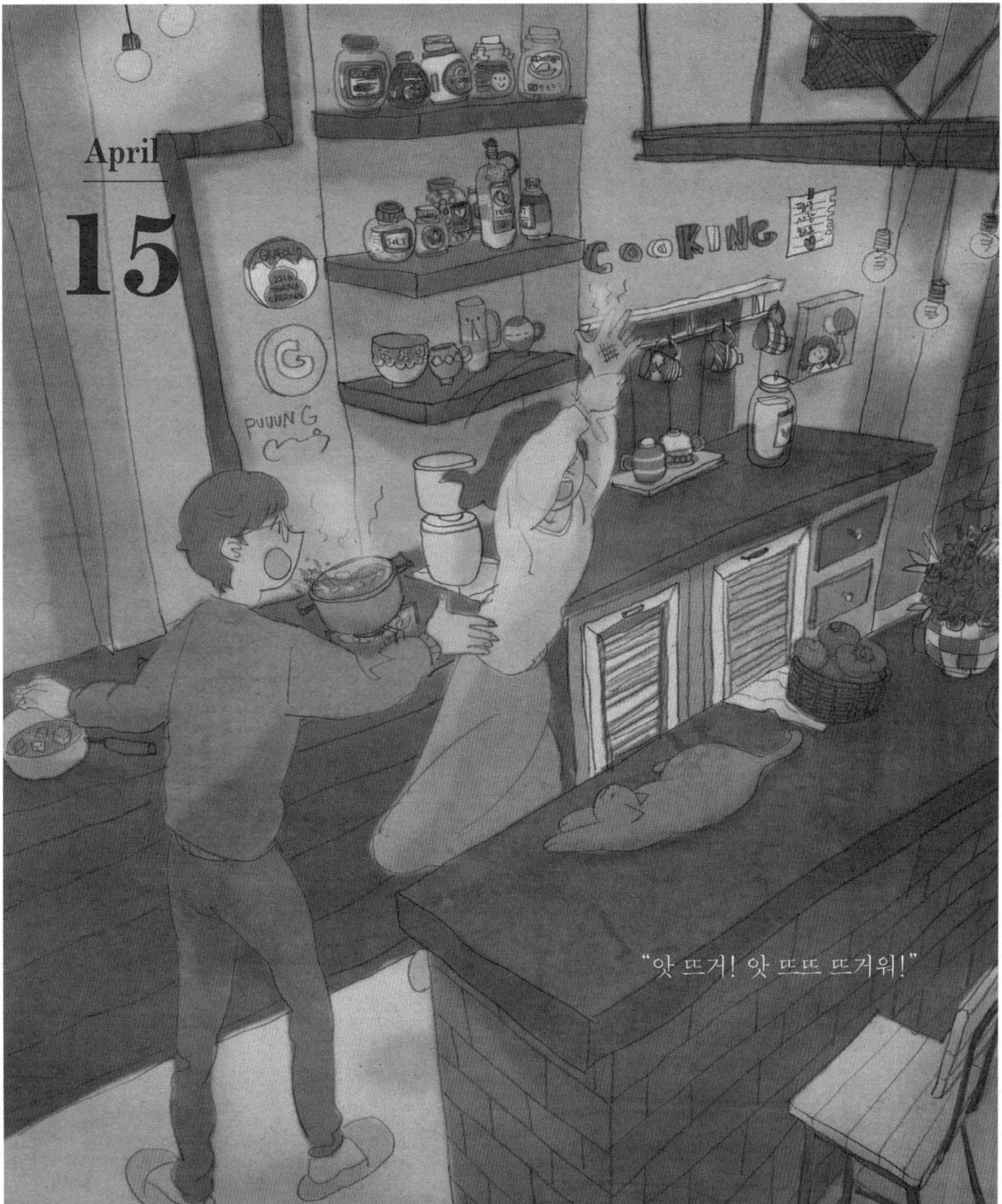

"앗 뜨거! 앗 뜨뜨 뜨거워!"

야식
"내일 얼굴 엄청 붓겠다!"

September

17

April

16

한옥마을을 걸어요.
꽃비가 날리고,
봄바람이 따뜻하네요.

grafolio.com/puuung1

함께 집안일을 해요.
당신은 청소기를 돌리고
나는 빨래를 걷어요.

PUUUNG

September

16

April

17

책을 읽어줘요.
당신의 목소리를 들으며
잠들어요.

September

15

여행을 왔어요.
노을을 바라보며
저녁 식사를 기다려요.

사랑은 작은 방도
우주로 만들어버립니다.
_존 던

April

18

September

14

작은 영화관
의자에 기대어 함께 영화를 봐요.

"이거 언제 떼요? 느낌이 이상해."
"더 붙이고 있어야 해! 내가 매일 관리 해줄게요."

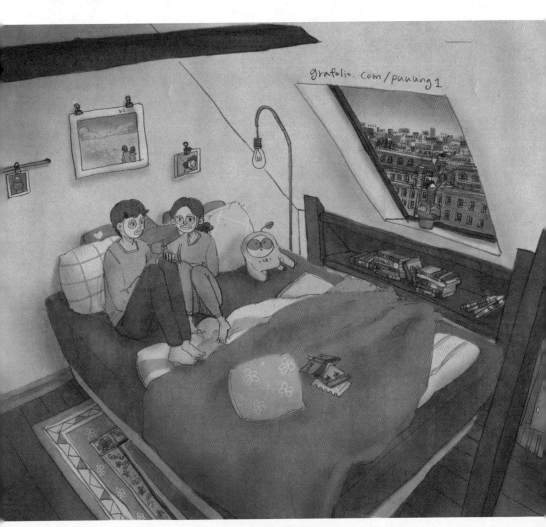

grafolio. com/puuung1

카페에 왔어요.
너의 이야기를 듣는 게 참 좋아요.

September

13

시험 기간
　네가 옆에 있는데 어떻게 집중을 하지?

"조심해요!"
책을 꺼내다 넘어질 뻔했어요.

September

11

"하아아-품."

"입 완전 크다~."

PUUUNG

April

22

PUUNG

grafolio.com/puuung1

이렇게 네 심장 소리를 들으며 자면
좋은 꿈을 꿀 것 같아.

September

10

"짜잔! 선물이에요! 예쁜 커플 잠옷이에요!"
"이걸 입고 자라고요?"

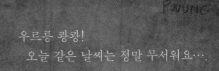

우르릉 쾅쾅!
오늘 같은 날씨는 정말 무서워요….

September

9

grafolio.com / puuung1

PUUUNG

무릎베개
스르르 눈이 감기네요.

향긋한 꽃잎에 설레는 건지
널 만나기 전이라 설레는 건지….

함께 오버워치 경기를 봐요.
"우와 잘한다! 흥미진진해요!"

September

8

PUUNG Cong

grafolio.com/puuung1

일하는 모습을 구경하다가
스르르 잠들었어요.

"머리 묶어줄게요."
 "예쁘게 묶어주세요!"

나는 쿠키를 굽고
너는 빵 반죽을 하고!

6

당신 입술의 곡선이 역사를 다시 쓰고 있어요.

_도리안 그레이의 초상, 오스카 와일드

April

27

간식 드세요!
맛있는 핫케이크예요.

September

5

"오늘은 어땠어요?"

음…, 레시피대로 했는데 뭐가 문제지?

September

4

다녀왔습니다!
보고 싶었어요!

April

29

BOOKSTORE

PUUUNG

따르릉따르릉!
자전거를 타고 함께
거리를 달려요!

April

30

예쁜 별빛 아래에서
조잘조잘 이야기를 해요.

휴대폰에 스피커를 연결하고
음악을 들어요.

푹신푹신 이불빨래를 해요.
힘든 집안일도 너랑 같이하면 재미있어요!

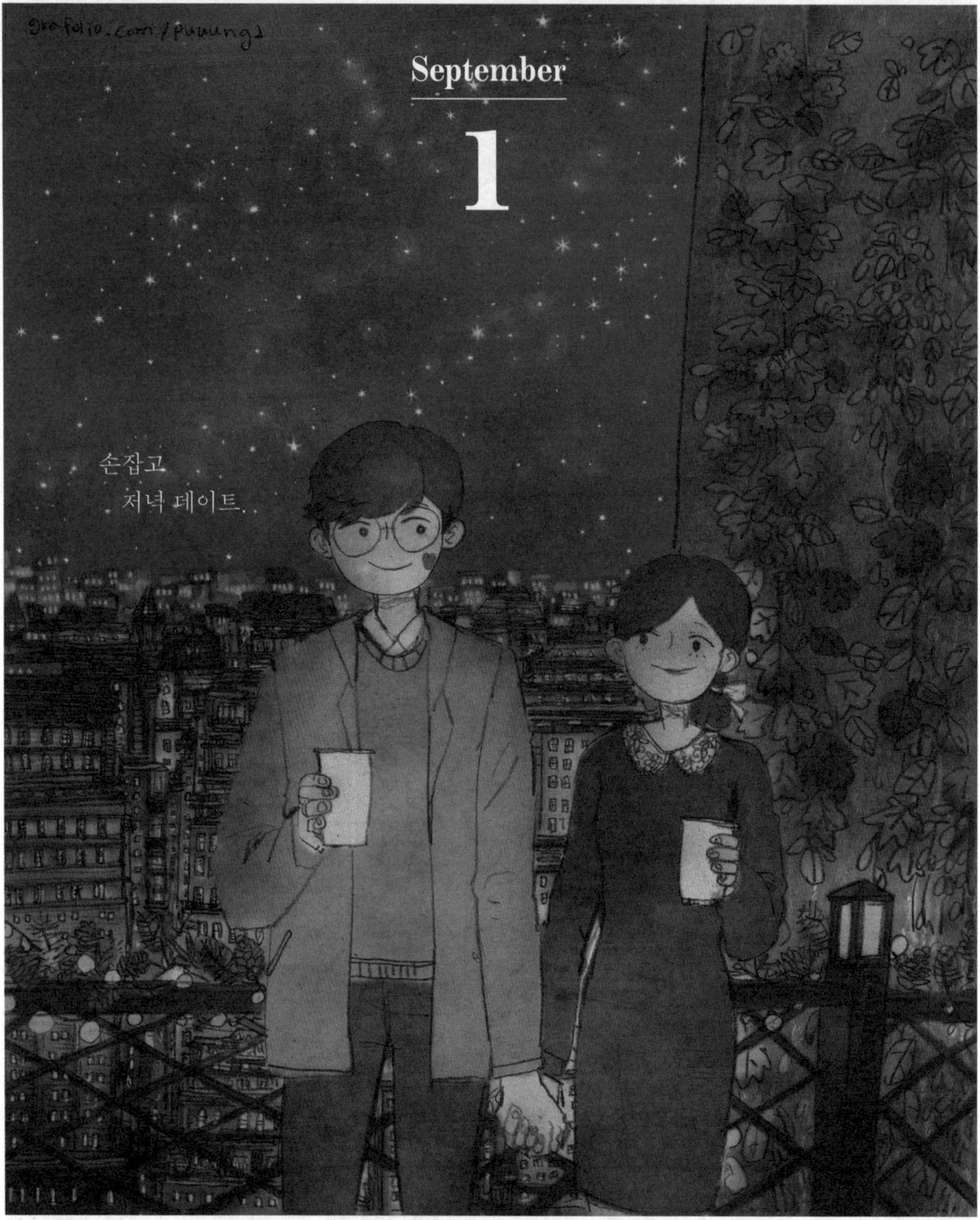
grafolio.com/puuung1
September
1
손잡고
저녁 데이트.

네가 뒤에 있으니
자꾸 돌아보게 돼!

May

2

August

31

사랑은 사랑으로 충분해요.
_칼릴 지브란

May

3

따뜻한 봄날
밖에서 디저트를 먹어요.

야식
피자를 시켰어요.

August

30

네가 보는 책
"무슨 소리인지 하나도 모르겠어…!
이 기호들은 대체 뭐야?"

August

29

"뒤에서 귀신이…."
"푸하하, 뭐야 하나도 안 무서워요!"

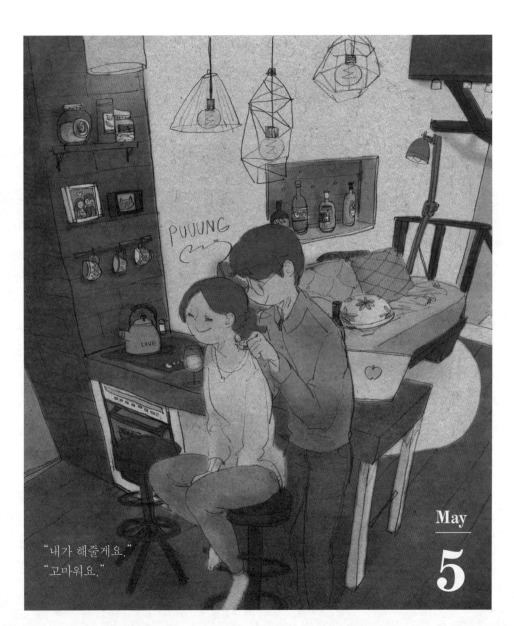

August

28

밤 12시 땡!
생일 케이크를 들고 살금살금.

누워서 책 읽어주는 소릴 들어요.
내용은 전혀 들리지 않아요.
그냥 네 예쁜 목소리만 느껴요!

August

27

해 질 녘

너 없을 때도 네 생각.

아침에 일어나 우유 한 잔
우리 둘이 함께.

grafolio.com/puuung92

PUUUNG

"복숭아 사 왔어요."

August

26

축축한 아이스크림
빨리 먹어요. 다 녹겠다!

August

25

May

9

PÜÜÜNG

"다리 많이 아프죠?
내가 어부바해줄게요!"

이 순간의 너
영원히 기억할게.

커피를 마시며 서로에 대해 이야기했어요.
우린 참 다른 점이 많네요.

PUUUNG

기분이 별로 좋아 보이지 않아요.
무슨 일일까요? 어떻게 풀어줄까요?

May

11

달달한 간식을 잔뜩 먹어요.
너랑 같이 먹으면 행복해져요!

하늘을 보다가 쪽. 너무 좋아요!
… 그런데 물 끓는 것 같은데!

PUUUNG

"이번 여름에는 어디로 놀러 갈까?"
"너랑 같이 가면 어디든 다 좋아!"

바다로 가는 길
잠깐 디저트 가게에 들렀어요.

당신을 만난 순간 나는 사랑에 빠졌어요.

_윈더미어 부인의 부채, 오스카 와일드

살며시
책을 읽고 있는 너에게 다가가
뽀뽀를 해요.

grafolio.com/puuung1

POWNG

August

20

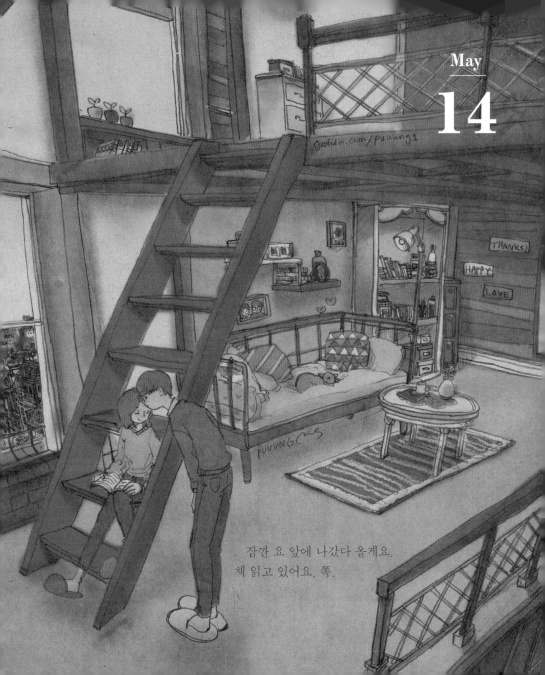

잠깐 요 앞에 나갔다 올게요.
책 읽고 있어요. 쪽.

grafolio.com/puuung1

PUUUNG

August

19

침대 위에서 재미있는 유튜브 영상을 봐요.
나만 재밌나 봐. 다들 잠들어버렸네요!

내일이면 잘 기억도 못 할
아주 소소한 잡담

August

18

그새 또 잠들었어요.
자는 모습도 얼마나 예쁜지 몰라요.

사랑은 눈이 아니라
마음으로 보는 거예요.
_한여름 밤의 꿈, 윌리엄 셰익스피어

"빵야 빵야!"
　꽃에 물을 주다가 장난을 쳐요.

이불을 뒤집어쓰고 장난을 쳐요.

영상통화
"너에게 들려주고 싶은 이야기가 있어!"

May
18

May

19

"섭섭해요."
"늘 옆에 있어주지 못해 미안해요."

영상통화
"빨리 만나고 싶다."
"조금만… 기다려요!"

August

14

네 위에서
  한참 동안 머리를 쓰다듬어요.

한가한 오후

August

13

May

21

별이 빛나는 밤
그저 함께 있고 싶어요.

August

12

보고 싶어요!

현실보다 더 멋지고 대단한 건
없다는 걸 믿을지 모르겠네요.
_샌드맨, 에른스트 호프만

첨벙첨벙
더운 날에는 물놀이를 해요.

저녁이 오기 전, 가만히
방 안에서 나는 작은 소리에 귀 기울여봐요.

August

10

MY ROOM

light

Book

Window →

FLOWER

꿈틀꿈틀
이불굼벵이

grafolio.com/puving1

PUVING.ching

"오늘 점심은 뭐예요?"
"볶음밥!"

May

24

여름밤
밖에 나와서 폭죽놀이를 해요.

그의 입술이 닿았을 때,
그녀가 꽃처럼 피었고 인생이 완성되었다.
―위대한 개츠비, F. 스콧 피츠제럴드

May

25

두리안
우웩! 냄새도 맛도
끔찍해요!

바다는 아직 무척 추웠어요.
  그렇지만 함께 걸었던 그 바다는
정말 아름다웠어요.

August

7

댄스 타임

May

27

안녕, 안녕!
창밖에서 손을 흔드는 네가 보여요.
하던 일을 멈추고 너를 뚫어지라 봐요.

"너무 더워요. 아무것도 못하겠어!"
"시원한 음료수 가져왔어요.
일어나요, 같이 먹어요."

August

6

May

28

친구들이 놀러왔어요.
고요했던 공간이 시끌벅적해졌어요!

"같이 물놀이해요."
"무서워요. 수영 못 한단 말이에요."
"내가 잡아줄게요!"

August

5

모르는 사이에 우리는
떨어질 수 없는 사이가 되어버렸어요.
_나의 아이들에게. 아리시마 다케오

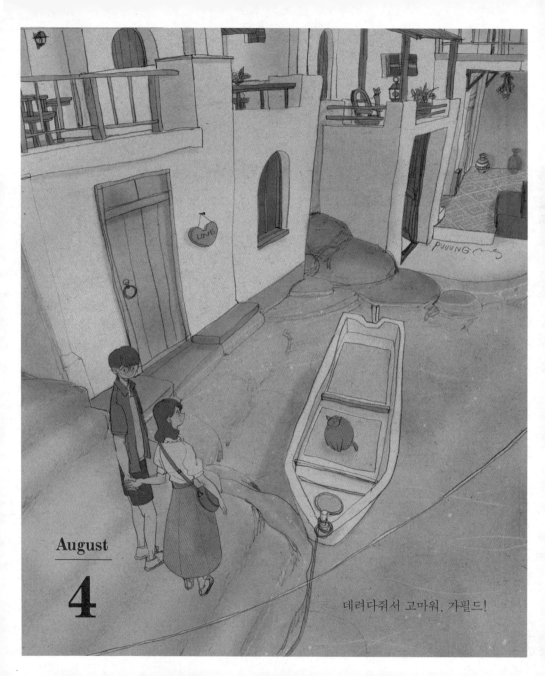

August

4

데려다줘서 고마워, 가필드!

May

30

"자, 선물이에요."
"고마워요!"

창문 밖 풀숲 사이에서, 뿅!
"안녕!"

grafolio.com / puuung1

수영장에 왔어요.
휴~ 더위가 좀 가시네요.

June

1

지금 내 가슴은
사랑으로 가득 차 있어요.
_영화 〈시저와 클레오파트라〉

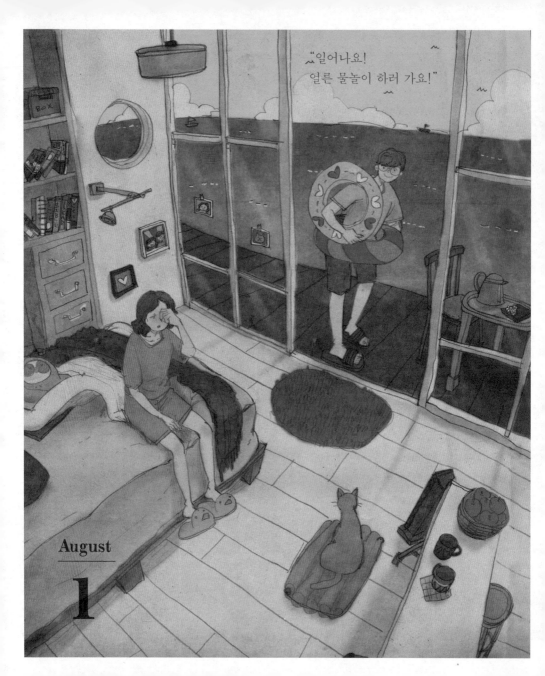

"불꽃이 꺼지지 않았으면 좋겠어.
   지금 이대로 시간이 흐르지 않았으면 좋겠어!"

June

2

grafolio.com/punung1

서툰 연주도 즐겁게
들어주는 네가 좋아요.

July

31

"비에 젖었어요."
"이거 마시고 따뜻하게 몸 좀 녹여요."

June

3

이렇게 더운 날엔 집에만 있어요.

July

30

grafolio.com/puuung1

June

4

PUUUNG (♥)

창밖의 새들과 인사했어요.

July

29

"밥 먹는 속도가 느려요!"
"내가 느린 게 아니라 네가 빠른 거야."

June

5

"그렇게 계속 보고 있으면 뽀뽀해버릴 거예요!"

"이번에는 맛있을 거예요."
"저번 음식도 맛있었는걸?"

July
28

뽀뽀
그 어떤 것보다도 효과 좋은
피로회복제에요!

June

6

July

27

grafolio.com/puuung1

"알레르기인가 봐요!"
"이리 줘요. 내가 깎을게요.
예쁜 손 부어서 어떡해요."

grafolio.com/puuung1

PUUUNG

June

7

이대로 가만히 있어요.
두근두근,
심장 뛰는 소리를
조금 더 느끼고 싶어요.

July

26

너에게 쓴 편지로 엮은 책을 읽었어요.
세상에서 단 한 권뿐인 책.

바다를 바라보며
가사가 기억나지 않는 노래를 흥얼거려요.

카드놀이
꺅! 이겼다! :D

June

9

나른한 오후
잠깐만 눈 감고 있을게요.

"아침 맛있게 해줄게~."
음식 만드는 걸 구경해요.

피곤한 날
　　소파에 푹 퍼져서 이야기했어요.
　　피곤해도 계속 이야기하고 싶어요.

더운 날엔 수박이 최고!

July

23

왕초보들의 포켓볼 대결
지는 사람이 치킨 사오기!

아침해가 떴는데도
코야 해요-.

June

12

따뜻한 말 한마디를
건넬 순간을 놓치지 마세요.
_허영의 시장, 윌리엄 새커리

"새 옷을 샀어요. 어때요?"
"정말 예뻐요!"

별이 쏟아지네요.
  우린 말 없이 하늘만 바라봐요.

June

14

말하지 않아도
어떤 생각일지 알 것 같아요.

"언제나 사랑해요."

June

15

오늘은 둘이서 이렇게 바다를 바라보면서
노래를 만들면 어떨까요?
_마키노 신이치

July

18

장 보고 돌아가는 길에 갑자기 비가 쏟아졌어요.
"빨리 달려요!"

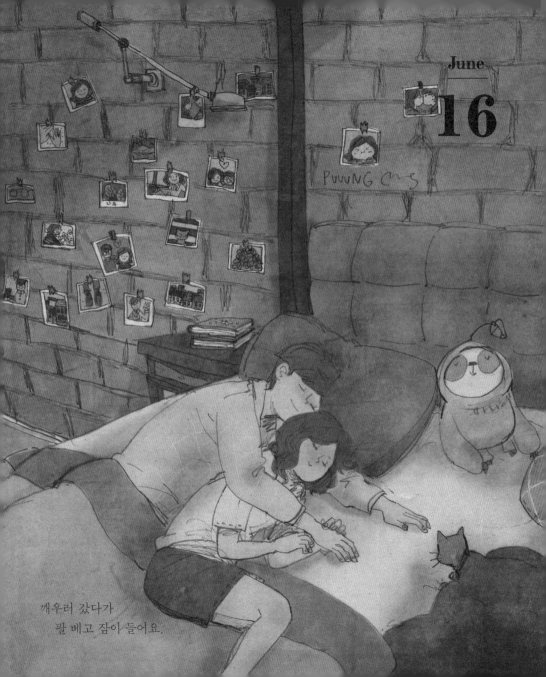

June

16

PUUUNG cng

깨우러 갔다가
팔 베고 잠이 들어요.

마주 앉아 책을 읽어요.
금세 또 다른 생각에 빠져요.
너는 지금 어떤 문장을 보고 있을까?

June

17

인생은 우리가 써나가는 소설

_노발리스

July

16

작은 카페들이 많은 골목길을 걸어요.

June

18

"이거 봐요!
사과 껍질을 한 번도 안 끊고 깎았어요!"

July
15

하늘이 노란 빛으로 물든 시간
우리는 자주 책을 읽었어요.

"쓰담쓰담 해주세요.
그럼 금방 잠들 것 같아."

미안해!
정말 미안해! ㅜ_ㅜ

July

14

June

20

이렇게 껴안고
하루 종일 자요.

gra folio com / puuung 1

PUUUNG

계단을 내려가다 마주쳤어요.
멈춰 서서 한참을 바라봤어요.
보고 또 보고 싶어요.

June

21

"이렇게 뽀뽀하는 거 그려주세요."

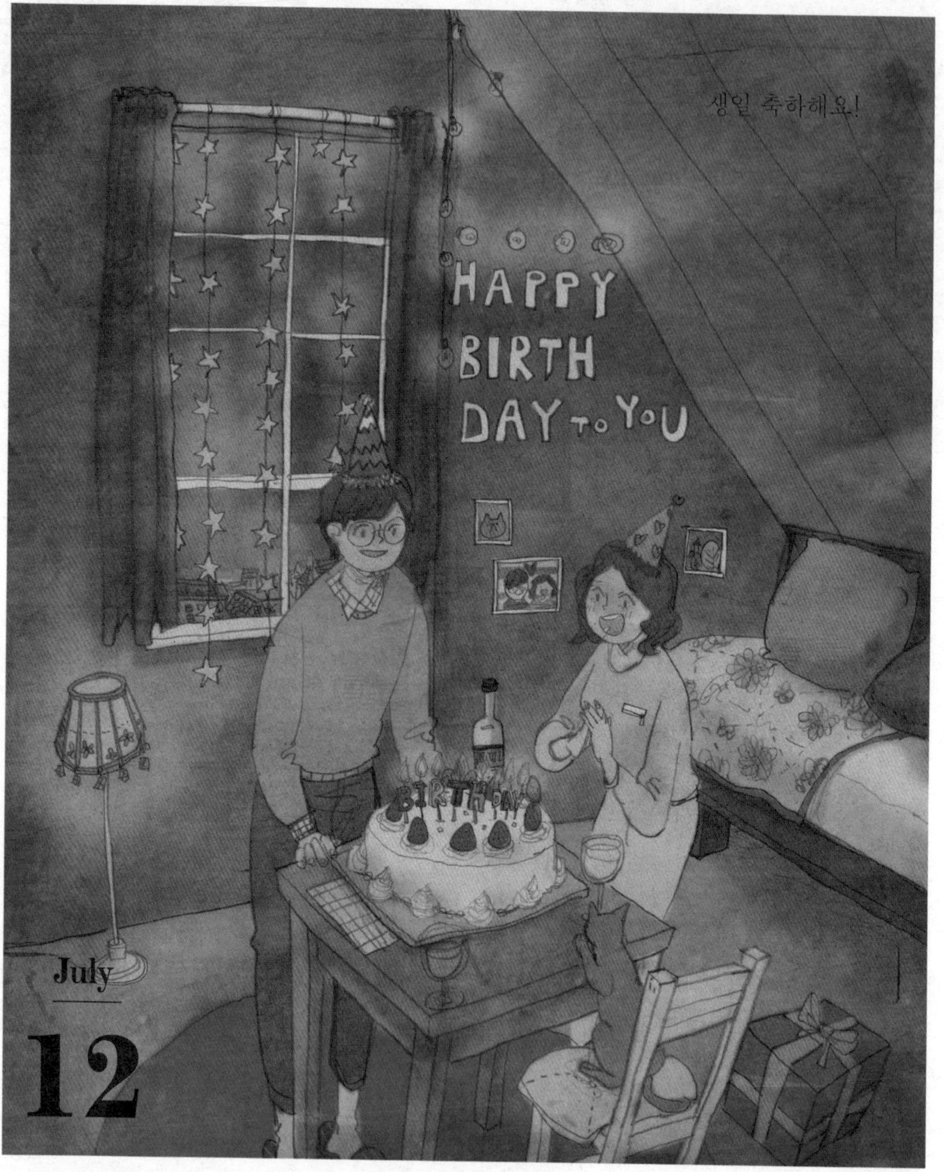

생일 축하해요!

July

12

PUUUNG

음악을 틀어놓고
춤을 춰요.

June

22

PUUUNG

July

11

라면을 먹다가
앗!

grafolio.com /puuung1

PUUUNG

June

23

"정말요?
안 이상해요?"
"맛있어!
요리 잘하는데요!"

영상으로 뽀뽀 쪽!
빨리 보고 싶어요!

July

10

June

24

노래를 불러요.
음치도 가수가 되는 시간이에요~.

"더워서 아무것도 하기 싫다."
"나두…."

"어서 와요. 내 사랑!"
"어? 왜 나와 있어요?"
  "열쇠를 잃어버렸어요! ^0^"

July

8

아침 일찍 일어났어요.
예쁜 아침을 함께 맞이해서 좋아요.

"일어나서 같이 춤추시겠어요?"
"좋아요!"

푹신푹신
　나만을 위한 침대!

grafolio.com / Puuung1

"딱 붙어 있을 거예요.
절대 안 떨어질 거예요!"

PUUNG

저녁 7시
오늘 하루는 어땠나요?

July

5

POUUNG (ᵔ)

grafolio.com/puuung1

"토끼 모양 사과예요!"
"아까워서 어떻게 먹어요?"

June

29

쭈우욱- 기지개를 해요.

July

4

"왜 여기 있어요?
날씨도 좋은데
같이 외출해요!"

June

30

"이것 좀 봐요. 당신이에요."
"좋아요! 당신이 그린 그림들로 달력을 만들까요?"

July

3

같이 만화책을 봐요.

grafolio.com/puuung91

밤의 테라스
꿈꾸고 있는 것 같아요.

따뜻하고 세심한 마음이니까,
그 마음이 상처받지 않도록 보호할 거야.
올리버 트위스트, 찰스 디킨스